Je n'ai plus
le temps d'attendre

www.editions-jclattes.fr

Jean-Louis Fournier

Je n'ai plus le temps d'attendre

JC Lattès

Maquette de couverture : Le Petit Atelier
Le tableau est de Claudio Bravo : *Los Relojes* (1961).

ISBN : 978-2-7096-6842-2

Première édition février 2021.

« Il faut une infinie patience
pour attendre toujours
ce qui n'arrive jamais. »

Pierre Dac

ATTENDRE UN LIVRE

Mon éditrice est pressée. Elle veut mon livre sur l'impatience tout de suite.

Elle n'a pas perdu de temps, elle a déjà fait une maquette et annoncé à la presse le nombre de pages qu'il aura.

Me voilà condamné à écrire 210 pages d'« un récit plein de tendresse, d'humour et de mélancolie sur la patience et nos urgences ».

Je comprends sa précipitation...

Elle n'ose pas me le dire. C'est pour conjurer le sort.

Elle a peur que je meure avant de l'avoir terminé.

Cela dit, si je disparais, elle pourra éditer à titre posthume les pages déjà écrites. Ce sera bon pour la pub.

Je pense aux ventes de disques de Johnny.

Je pense à Schubert, à ses neuf symphonies. La plus célèbre est celle qu'il n'a pas achevée.

ATTENDRE LE PLOMBIER

Je suis à mon bureau.

J'entends un petit bruit, répétitif, le bruit d'une goutte d'eau qui tombe régulièrement.

La pluie ? Non, le ciel est bleu, il fait beau dehors.

Il pleut à l'intérieur. Ça doit être une fuite à l'intérieur d'un mur.

Il faut que j'appelle le plombier.

Il s'appelle avec beaucoup d'à-propos monsieur Lagoutte.

J'attends monsieur Lagoutte avec impatience et je compte les gouttes.

DEMAIN EXISTE

Il hurle, il grimace, son visage est déformé par la douleur, ses yeux noyés de larmes sortent de sa tête, sa bouche se tord.

Il doit avoir une semaine. Il n'a pas encore de cheveux.

Sa souffrance semble insupportable.

Il n'est qu'un cri, un cri primal. Le cri de Munch ?

Qu'est-ce qui lui arrive ?

On est en train de lui brûler les pieds avec un bec Bunsen ?

De lui couper les orteils avec un sécateur ?

Ou bien il a peur ? Peur de vivre ?

Non. Il a seulement faim…

Quand, au restaurant, un plat n'arrive pas,

vous auriez l'idée de vous mettre dans cet état-là ? de vous rouler par terre en hurlant ?

Vous êtes impatient mais vous savez que ça va arriver. Vous prenez votre mal en patience, vous attendez.

À lui, on ne peut pas dire d'attendre, comme aux gens bien élevés. Il n'est pas encore élevé.

Attendre, il ne sait pas ce que ça veut dire. C'est pour lui un mot qui n'existe pas encore.

Il connaît seulement « maintenant » et « jamais ».

Faites-le attendre un peu avant de lui donner son biberon.

Vous lui aurez fait deux cadeaux : son biberon et surtout, surtout, vous lui aurez appris que demain existe.

Pour le meilleur et pour le pire…

Le nourrisson, c'était moi.

80 ans plus tard, je n'ai toujours pas la patience d'attendre.

Je veux être arrivé avant de partir.

Je veux tout, tout de suite, et rien n'arrive.

J'attends toujours, fébrile, une lettre, un coup de fil qui tarde, une personne en retard.

Ce furent d'abord mes êtres chers. Ma mère, ma femme, ma fille, que des femmes…

J'aurai passé ma vie à attendre, même les Tartares dans le désert…

Dans *Le Désert des Tartares*, Drogo attend les Tartares. Il ne les verra jamais. Quelque chose de bien plus important l'attend…

Ce roman de Dino Buzzati est une remarquable allégorie de la vie, cette vie dont on attend toujours des choses étonnantes mais dont la mort reste le véritable événement.

« Courage, Drogo, va en soldat à la rencontre de la mort, franchis d'un pied ferme la limite de l'ombre, droit comme une parade et souris même. »

ATTENDRE LE PIRE

« Quand il y en avait un qui manquait à bord, c'est qu'il était mort », chante Brassens dans *Les Copains d'abord.*

Quand j'attends quelqu'un et qu'il est en retard, c'est qu'il est mort.

Imaginer le pire, je sais faire.

Mon imagination n'est jamais à court. Elle me fournit des inquiétudes en permanence et du raffiné : pas des petites inquiétudes, des vrais drames.

Combien de fois ai-je imaginé ma mère morte ?

Elle m'aidait : elle était hypocondriaque. Elle avait lu des livres de mon père médecin. Elle connaissait tous les symptômes des maladies mortelles. La durée d'incubation pour le tétanos qu'elle a cru avoir plusieurs fois : 12 jours si la blessure était au bras, 21 jours si elle était au pied.

On décomptait avec elle les jours qui précédaient sa mort.

Je me souviens avoir écrit plusieurs fois sur mon agenda : mort de maman, d'abord à l'encre, après je l'ai écrit au crayon.

Elle a tout attrapé : tétanos, tumeur au cerveau, tuberculose, et plusieurs fois…

Nous étions mes frères et moi des orphelins intermittents.

J'ATTENDS MA MÈRE

Maman est partie passer la journée à Lille. Elle doit rentrer ce soir pour le dîner.

Mes frères et moi, on l'attend.

Elle est en retard. Je suis le seul à être inquiet. Je suis anxieux comme d'habitude.

Ce soir-là, je n'ai pas réussi à dîner. Mon inquiétude grandissait avec la nuit. Je me suis couché et j'ai demandé à Dieu de faire rentrer ma mère.

Je vous dis un Notre Père et dix Je vous salue Marie et vous la faites rentrer, d'accord ?

Je prends son silence pour un accord.

Je récite ma prière et j'attends.

Elle ne rentre pas.

Je double la mise. Deux dizaines de chapelets.

Rien. Elle ne rentre pas.

Je suis en sueur. Je me retourne dans mon lit, je suis pris de panique.

J'augmente la mise : cinq dizaines, ça fait cinquante Je vous salue Marie.

Toujours rien.

Maman, je ne veux pas que tu sois morte.

Mon Dieu, ne faites pas ça : tuez-moi avant. Je suis prêt à tout pour que maman rentre. Demandez-moi ce que vous voulez.

Je tente le tout pour le tout.

Si elle rentre, je vous promets d'être prêtre.

Elle est rentrée. Je n'ai jamais été prêtre.

Dieu ne l'a pas oublié.

Il ne m'a pas loupé après.

J'ATTENDS MA FEMME

Ma première femme était déléguée médicale. Elle faisait beaucoup de kilomètres chaque jour pour présenter les médicaments aux médecins du Nord. Nous habitions Lille, une barre HLM au 16e étage. L'immeuble s'appelait la biscotte.

Tous les soirs, je l'attendais, anxieux, sur le balcon de la biscotte.

J'essayais de repérer dans le flot de la circulation, dans les milliers d'yeux jaunes des phares, sa voiture.

J'avais souvent de fausses joies quand une voiture sortait de la route pour s'arrêter sur le parking. Et un bonheur immense quand je la voyais sortir de sa voiture.

J'étais tranquille jusqu'au lendemain soir.

J'ATTENDS MA FILLE

Ma fille Marie, je l'appelais tous les jours, cinq minutes après la sortie de l'école pour savoir si elle était bien rentrée...

40 ans plus tard c'est elle qui attend l'héritage avec impatience pour ses bonnes œuvres.

50 ans plus tard, j'attends ma petite chatte Art déco qui ne veut pas rentrer...

Je n'ai toujours pas appris à prendre mon mal en patience.

Maintenant, je n'ai plus le temps d'attendre.

Je vais bientôt être tranquille.

PATIENCE

Je l'ai croisée à un vernissage, une exposition sur les préraphaélites. Il y avait beaucoup de monde.

Elle était rousse flamboyante. Elle semblait échappée d'un tableau de Rossetti.

Elle virevoltait de l'un à l'autre, elle semblait pressée.

Après l'avoir vue, je n'ai plus regardé les tableaux.

De retour de l'exposition, je n'avais pas le souvenir des tableaux : seulement d'elle.

Un souvenir incessant et incandescent.

J'ai réussi à lui donner mon téléphone. Elle m'a donné seulement son prénom.

Je ne peux pas l'oublier.

Elle s'appelle Patience.

DÉPÊCHE-TOI.
QU'EST-CE QUE TU ATTENDS ?

J'ATTENDS D'AVOIR FINI

J'ai gardé de mon enfance le souvenir des « Tu n'as pas encore fini ? », répétés inlassablement.

Quand on est petit, il faut toujours, toujours, avoir fini : ses devoirs, sa toilette, l'assiette dans laquelle restaient des épinards que je détestais, et surtout avoir fini de rire.

Je n'ai pas encore fini.

J'attends toujours.

Je suis pressé, je me dépêche pour avoir plus vite fini. Pourtant j'aime pas la fin...

La fin d'un gâteau, la fin d'une passion, la fin d'un beau film, la fin de l'été, la fin d'un Tintin (62 pages), les derniers moments, les dernières volontés, les dernières paroles.

La dernière heure, la dernière minute, la dernière seconde.

UNE COURSE DE VITESSE

Quelquefois papa organisait un jeu comme à la radio. On jouait à Monsieur Champagne.

On s'asseyait autour de la table de la cuisine. Il plaçait devant lui des piles de pièces de monnaie, puis il nous posait des questions diverses : histoire, géographie, sport...

Mon frère Yves-Marie gagnait toujours.

Il ne savait pas plus de choses mais il était plus malin. Il avait compris que souvent papa ne connaissait pas les réponses et qu'il fallait répondre très vite, avec assurance et sans hésitation.

On gagnait quand on était le premier à répondre, même n'importe quoi.

C'était une course de vitesse.

Une fois, papa avait demandé la date de la bataille de Marignan. Pour rigoler Yves-Marie avait répondu immédiatement : 203, comme la Peugeot. Papa avait dit bravo. Moi je me suis souvenu que c'était 1515. J'ai dit 1515. Papa a quand même donné les pièces à Yves-Marie.

C'était pas juste. J'ai râlé.

Papa a dit : toi t'es jamais content.

PREMIER ARRIVÉ

J'ai le souvenir des collines d'Artois où nous faisions du vélo, mon frère Yves-Marie et moi.

Nous faisions la course : savoir qui arrivait le premier en haut de la côte.

Mon frère démarrait toujours trop vite et moi je le rattrapais, je le dépassais et j'arrivais le premier en haut.

Mais c'est lui qui a été le premier à mourir.

Comme Desproges, nous jouions souvent à : qui va mourir le premier ? Pierre pariait que c'était moi. Moi, dont on a souvent dit : toi tu nous enterreras tous.

Quand on est pressé, ce n'est pas un cadeau d'être le survivant, on est le dernier.

On s'ennuie.

J'ATTENDS UNE MINUTE

Le balancier se balance lentement, de droite à gauche, du tic au tac. Les secondes sont longues, elles tombent avec patience, goutte à goutte, sans se presser. Et le visage de Pierre Desproges va de droite à gauche, lui, l'impatient : il ne sait pas rester en place.

Il ne savait pas attendre. Il voulait tout avoir tout de suite : les rires, le succès, l'argent, les filles et le vin.

La minute de Monsieur Cyclopède dure plus de soixante secondes.

Les secondes des horloges flamandes semblent plus lentes que les secondes frénétiques qui cliquettent dans mon réveil et dans ma montre énervée.

Bonne-maman de Lille avait acheté les montres de notre communion par une publicité dans le journal. C'était une montre bon marché. Elle était phosphorescente. On pouvait savoir l'heure la nuit. Elle avait une trotteuse qui marquait les secondes.

Le jour de ma communion, je ne pouvais pas m'empêcher de la regarder. Elle tournait toujours mais on pouvait l'arrêter quand on voulait en appuyant sur un bouton sur le côté, pour chronométrer.

Grâce à elle, j'ai su qu'on avait chanté le « Voici l'agneau si doux, le vrai pain des anges » à 9h37.

À 9h43, le supérieur a fait son sermon.

Il y a eu ensuite le renouvellement des vœux du baptême.

À 10h03, j'ai renoncé à Satan, à ses œuvres et à ses pompes.

Ça a duré 39 secondes pile.

Quand j'ai grandi, que j'ai connu les pompes rutilantes de Satan, j'ai regretté.

J'avais renoncé à la légère : on ne m'avait pas laissé le choix.

Un horloger impatient a voulu se mettre au goût du jour, accélérer le mouvement, accélérer la cadence...

Il vient de créer une montre qui fait une heure en 45 minutes.

Son rêve serait une montre qui pulvériserait tous les records : elle ferait une heure en une demi-heure.

Une montre à recommander pour les soirées passées avec des gens ennuyeux. Elle permet quand on la regarde de dire : « Déjà ! Il faut qu'on parte ».

L'ACCÉLÉRATEUR

J'ai toujours adoré les voitures. Quand j'étais petit, c'étaient d'abord les voitures américaines : Studebaker, Buick... Après, quand j'étais grand, j'ai fait une collection de voitures anciennes françaises.

La première c'était une Simca 5 puis une R4 Renault, une Aronde, puis un cabriolet 404 Peugeot et la plus belle : un cabriolet traction avant Citroën blanc.

Je les entretenais consciencieusement. J'aimais les nettoyer et les astiquer, les faire briller.

Je me souviens un jour, alors que je ponçais le plancher de la Citroën, avoir regardé les pédales, l'embrayage, le frein et l'accélérateur.

La pédale la plus brillante était celle de l'accélérateur. C'est normal, c'est celle qu'on utilise le plus. On a toujours le pied dessus.

Dans la vie, c'est pareil, on accélère toujours. On veut toujours aller plus vite. Aller plus vite.

Pourquoi ?

LA NUIT DE L'IMPATIENCE

Pour les enfants, le plus beau jour, ce n'est pas le jour de Noël. C'est la veille du jour de Noël.

La veille, on attend, on imagine… On a dans la tête tous les cadeaux du monde.

Demain, jour de Noël, on aura seulement son cadeau : il faudra s'en contenter.

Nous allions mes frères et moi à la messe de minuit à la chapelle de Bonsecours, notre père n'était jamais là. Il fêtait Noël au bistrot.

Je me souviens encore des anges joufflus qui virevoltaient au-dessus de l'autel. De la musique de l'harmonium et de la chorale des religieuses qui chantaient « Il est né le divin enfant » et « jouez hautbois et résonnez musettes ».

Quand on rentrait à la maison, on avait droit à un morceau de brioche, un chocolat chaud et le cadeau.

Je me souviens d'une année où j'avais demandé au petit Jésus que mon papa ne boive plus et qu'il ne fasse plus pleurer maman. Je lui demandais aussi un revolver. Je voulais un Solido. Exprès je n'avais pas dit la marque. On m'avait dit que le petit Jésus savait tout et lisait dans nos pensées : on allait voir si c'était vrai !

Je n'ai pas eu un Solido mais un revolver sans marque et papa a continué à boire jusqu'à la fin de sa courte vie. Il est mort à 43 ans.

J'ai depuis, à l'égard de Jésus, une certaine méfiance.

TOUT DE SUITE

Je ne veux pas attendre.
Je veux savoir tout de suite.

À force de couper dans les interviews de documentaires de télévision les interminables précautions oratoires, les « je vous remercie de m'avoir posé cette question », les « on pourrait peut-être dire que »... j'ai ressenti l'impatience, le désir d'arriver tout de suite à l'essentiel, et la passion de la concision.

Je voue une véritable haine aux conjonctions de subordination.

Je n'aime pas les « lorsque », les « tandis que », les « pendant que »... Tous les mots qui ont une queue comme les rats. Surtout le « parce que », « parce que », « parce que »...

Dans la phrase « il marche lentement parce que le sol est glissant », on peut faire l'économie du « parce que ». Parce que ne sert à rien.

C'est une façon de vouloir mettre un point sur les i, qui en ont déjà un et n'en ont pas besoin.

Quand on écrit « il marche lentement, le sol est glissant », la phrase glisse mieux.

Et ça va plus vite…

LE TEMPS DES ARTS

« Dans une librairie, le temps ne passe pas. La lecture doit être lente et le lecteur doit rester sous le charme d'une page, d'un paragraphe, d'une phrase même. Le roman est l'ennemi de la vitesse. » Kundera.

Je n'aime pas les gros livres. J'ai peur d'un interminable voyage.

J'entre dans un gros livre avec appréhension, comme dans un tunnel, noir. J'ai peur de ne pas pouvoir en ressortir, ne plus voir la lumière au bout. De mourir étouffé et noyé dans l'encre.

Ou alors je suis à côté d'un énorme livre haut comme les falaises d'Étretat. Je ne vais jamais réussir à arriver en haut.

Quand j'achète un livre, je ne regarde pas le prix mais le poids. Je le soupèse.

Je préfère les livres légers, en dentelle où on puisse lire à travers.

Pour la musique, j'ai d'abord préféré les *allegro vivace*, menés tambour battant. Mes premières émotions musicales ont été l'ouverture d'*Orphée aux enfers* d'Offenbach, la marche de *La Damnation de Faust* de Berlioz. Du rapide.

Il m'a fallu une certaine maturité pour apprécier la lenteur des *andante*, m'attendrir dans les *adagios* languissants et les longues plaintes du violoncelle de Schubert.

La musique a toujours tenu une grande place dans ma vie.

J'avais au chevet de mon lit, sur le mur de ma chambre, deux portraits. Beethoven que j'avais dessiné moi-même et Mozart.

Beethoven me faisait frissonner et me galvanisait. Mozart m'enchantait. Je pense à tous les malchanceux qui sont morts avant sa naissance et n'ont jamais pu l'entendre.

Chaque mois, notre mère nous donnait de l'argent de poche. Je pouvais m'acheter une chemise ou un disque. C'était plus souvent le disque. J'allais écouter chez le disquaire dans des écouteurs différents morceaux. Je ne me décidais que quand, en écoutant, j'avais la chair de poule. J'ai encore souvenir de mes chairs de poule avec la *Neuvième* de Beethoven et son embrasement final.

J'hésitais entre deux versions, Arturo Toscanini et Wilhelm Furtwängler. Arturo était frénétique et nerveux. Wilhelm était lent et bouleversant.

Arturo était toujours le premier arrivé.

Sur la *Neuvième*, il était capable de prendre cinq minutes à Wilhelm.

Les Italiens sont toujours les plus rapides. Pensez à Fausto Coppi. Il a gagné plusieurs fois le Tour de France...

FAIRE COURT

Quand j'écris un livre, je regarde très souvent le compteur de l'ordinateur qui m'indique le nombre de pages que j'ai écrites.

Je voudrais tellement l'avoir fini, pouvoir le lire.

Pour cela, mes livres sont courts, très courts, trop courts ?

Certains lecteurs m'en veulent, ils disent qu'ils n'en ont pas pour leur argent.

Mais je préfère faire court. Peut-être que mes idées sont courtes.

ATTENDRE LA MAISON DE NOS RÊVES

Avec ma femme Sylvie nous avions la passion des vieilles maisons. Le guide Bertrand était notre livre de chevet. Il était plein de chateaux, de monastères et de rêves.

Nous étions capables de traverser la France pour aller visiter un monastère en ruine ou un vieux château à vendre.

Nous aimions ranimer les vieilles pierres.

Et restaurer les maisons.

Je suis impatient quand je fais du bricolage. Je voudrais que ce soit fini avant de commencer. Quand je peins un mur, je déteste faire la préparation, reboucher les trous, les fissures, passer l'enduit.

Je voudrais peindre parce que j'aime bien peindre. On est récompensé de son travail. On voit l'effet tout de suite.

Le pire pour moi serait de mourir après avoir eu les ennuis de la préparation et sans avoir la récompense de la peinture et la joie de peindre.

J'ai déjeuné à la va-vite, sur le pouce, une entrecôte minute et un éclair.

Quand je fais la cuisine, je suis pressé, je trouve les temps de cuisson interminables et je ne sais pas attendre.

Je suis impatient.

Les résultats sont navrants. Dans ma salade de pomme de terre avec des œufs durs, les œufs ne sont pas durs. En revanche, les pommes de terre le sont.

Un chercheur de l'agroalimentaire vient de créer une race de poules dont les œufs sont durs après 5 minutes dans l'eau bouillante alors que normalement il faut 10 minutes.

On n'arrête pas le progrès, hélas.

J'ai eu un appel d'un numéro que je ne connais pas.

Peut-être Patience ?

Tout ému, j'ai fait le numéro. Au bout du fil, une voix charmante. Je suis bouleversé.

Pas longtemps.

Elle me propose l'installation d'une cuisine ultramoderne. Le paiement réparti sur un an sans intérêt. La pose est gratuite et donne droit à…

J'ai raccroché.

J'ai perdu Patience.

Tous les jours, j'envoie à mon éditrice des textes pour mon livre. J'attends avec impatience son avis. J'ai besoin de savoir tout de suite le bien qu'elle en pense, qu'elle me fasse des compliments, des compliments que je déguste comme des bonbons à la violette...

Si elle ne répond pas tout de suite, c'est la panique : ou bien elle n'aime pas et je préfère le savoir tout de suite, ou bien elle n'a pas encore lu, elle s'en fout, elle s'occupe d'autre chose, elle pense à autre chose qu'à moi et je peux crever.

D'ailleurs je vais crever exprès pour l'embêter, qu'elle n'ait pas de livre.

IMPATIENCE ET ENNUI

Nous étions mes frères et moi dans une école libre de l'institution Saint-Joseph. Nous devions subir à longueur d'année des messes, des sermons, des lectures spirituelles interminables. Seule notre impatience et le diable nous tenaient éveillés.

Nous disposions des punaises sur des sièges de la chapelle.

Aujourd'hui de nouvelles impatiences sont apparues.

Impatience d'en finir avec le manuscrit de l'énorme premier roman d'un ami.

Impatience d'en finir avec le scénario du premier long métrage d'un autre ami.

Impatience d'en finir avec la communication téléphonique interminable d'intarissables amies qui s'ennuient.

Pourquoi je vais vite quand je fais quelque chose ? Pour que ce soit plus vite fini ? Parce que ça m'ennuie ? Parce que je veux être libéré ? Pour être plus tranquille après ? Pour être débarrassé ?

Pourquoi quand je mange quelque chose que j'adore, je mange aussi très vite ? Pourtant je n'ai pas envie d'avoir fini.

Je pense à la mousse au chocolat que j'adore.

Chaque mois, notre mère nous donnait une plaque de chocolat. Mes frères impatients la mangeaient tout de suite. Moi j'attendais la fin du mois pour me faire une mousse au chocolat que je dégustais devant mes frères exprès pour leur faire envie.

Un jour ils m'ont poursuivi : j'ai dû terminer ma mousse dans la rue.

MINUTE PAPILLON

Est-ce que les animaux sont impatients ?

Si on n'ouvre pas la porte à ma chatte Artdéco, elle n'aura de cesse d'agiter avec ses pattes les clés qui sont dans la serrure.

Le matou Gaston a faim : il est capable de miauler des heures jusqu'à ce qu'on remplisse sa gamelle.

Que faire pour calmer l'impatience d'un animal ?

On peut lui dire minute papillon ?

Même si c'est un éléphant ?

Au contraire : il sera flatté d'être pris pour un papillon.

Les vaches sont patientes. Elles n'ont pas l'air d'attendre quelque chose de nouveau. Elles se contentent de ce qu'elles ont. Et elles sont contentes. Elles n'ont pas de smartphone. Elles ne sont pas en révolte. Elles sont d'accord avec les autres. Elles sont en harmonie avec la nature, avec le monde, peut-être même avec les bouchers.

Les animaux domestiques sont capables de faire preuve de beaucoup de patience, d'attendre des mois un maître qui ne reviendra jamais, en fredonnant la jolie chanson de Rina Ketty :

« Les fleurs pâlissent, le feu s'éteint
l'ombre se glisse dans le jardin
l'horloge tisse des sons très las
je crois entendre ton pas
le vent m'apporte des bruits lointains
guettant ma porte j'écoute en vain
hélas plus rien ne vient.
J'attendrai le jour et la nuit
j'attendrai toujours ton retour »

Le téléphone sonne.

Où est-il ?

Je ne le trouve pas.

Il doit être dans mon blouson qui est accroché au portemanteau. Un vieux blouson Mac Douglas en cuir et en toile. Il a six poches, certaines avec des fermetures éclair. Je tâte les poches. Elles sont vides, sauf la dernière. Elle a une fermeture éclair difficile à ouvrir. Je m'énerve, mes gestes sont maladroites, mes mains tremblent, je perds patience, le téléphone continue de sonner.

J'ai réussi. Je prends le téléphone. Il s'arrête.

C'était certainement Patience.

Je ne peux pas la rappeler. Elle appelle avec un numéro masqué…

LES SALLES D'ATTENTE

Qu'est-ce qu'on fait dans une salle d'attente ?

On attend.

La terre est une grande salle d'attente où on attend Godot.

Je n'aime pas attendre.

J'ai horreur des salles d'attente : on ne s'y sent pas bien, elles sont sombres, le soleil n'y entre pas, il n'aime pas attendre. Elles sont rarement accueillantes. On y est mal assis, les sièges, quand il y en a, ne sont pas confortables, ils sont dépareillés. Il y a souvent des bancs.

Les magazines d'actualité, à disposition sur des petites tables boiteuses, datent de deux ans : il manque des pages.

Les salles d'attente laissent souvent des mauvais souvenirs.

Je pense à la salle d'attente du médecin, à la salle d'attente de l'avocat, à la salle d'attente de l'inspecteur des impôts, à la salle d'attente du commissariat de police, à la salle d'attente du tribunal, à la salle d'attente du patron qui licencie, et à la salle d'attente de Dieu, avant le jugement dernier, il n'annonce pas toujours le paradis.

Il y a des clients de papa qui se souviendront longtemps de sa salle d'attente.

C'était un soir d'hiver, ils avaient sonné à la porte au moment où on essayait de rentrer papa dans la cuisine, complètement ivre, il était tombé dans le hall.

Maman a ouvert la porte aux clients et les a poussés dans la salle d'attente pour qu'ils ne voient rien.

Il a fallu beaucoup de temps et de café pour que papa retrouve ses esprits.

Maman s'est alors souvenue des clients dans la salle d'attente, ils attendaient dans le noir, dans sa précipitation maman avait oublié de leur allumer la lumière.

LE DERNIER DE LA CLASSE

Chaque semaine le supérieur rend les devoirs et fait un commentaire sur chacun. Il commence par les meilleurs. Je dois attendre longtemps et subir les compliments qu'on fait aux premiers de la classe, ceux que je prends souvent pour des lèche-culs.

Je suis toujours dans les derniers.

Le supérieur termine par ma copie, avec un soupir et un « sans commentaire ».

Je me souviens de la salle d'attente de l'institution Saint-Joseph où ma mère avait été convoquée avec moi.

Pas pour des félicitations.

On attend depuis une heure le supérieur. Il arrive enfin dans un bruissement de soutane. Il fait asseoir ma mère, il m'ignore, je reste debout et il éclate.

– On en a assez, madame. Il a dépassé les bornes, on ne veut plus le voir à Saint-Joseph.

Ma *mater dolorosa* invoque le professeur de français qui m'aimait bien.

– Même lui veut son départ.

Ma mère est encore plus *dolorosa*.

– Qu'est-ce que je vais en faire, monsieur le supérieur ?

– Nous, on ne peut rien pour lui, madame. Cherchez une école de clown.

Ma mère n'a pas envie de rire, moi non plus. Je suis à deux mois du bac. Aucun établissement ne va vouloir de moi en cours d'année.

Notre retour est funèbre. Dans la rue, je marche derrière ma mère. On ne se parle pas. Je ne suis pas fier.

Tout ça parce que j'ai mis la statue de la Sainte Vierge dans les chiottes de St-Jo, une statue saint-sulpicienne qui ne l'avait pas volé : elle était « à chier ».

Personne n'a compris mon geste : c'était de la déco. Je faisais de l'hygiène esthétique.

ATTENDRE LES RÉSULTATS DU BAC

On avait la possibilité d'aller lire la liste des noms affichée à l'académie d'Arras ou d'écouter à la radio les résultats.

Nous étions deux, mon frère et moi, à avoir passé le bac. Nous avions choisi la radio. On avait mis le poste dans le bureau de notre père. Toute la famille écoutait. Je n'oublie pas la voix grave du speaker : « Les candidats dont les noms suivent devront se présenter... » J'aurais tout donné pour que mon nom suive.

Les noms étaient donnés par ordre alphabétique. L'ambiance était lourde. À la lettre D, la tension devenait extrême. Le prévisible est arrivé. On a entendu Fournier Yves-Marie. Jean-Louis n'a pas suivi. Sans baccalauréat je n'allais pas pouvoir entrer à l'Institut des hautes études cinématographiques.

Dans le film *Cléo de 5 à 7*, d'Agnès Varda, la somptueuse Corinne Marchand n'attend pas les résultats du bac. Elle attend les résultats d'un examen médical. Elle a deux heures à perdre. Agnès Varda va la suivre en temps réel. Elle erre dans la ville. Elle va faire différentes rencontres passionnantes. Son impatience à avoir les résultats semble s'émousser, au point d'oublier d'aller les chercher.

LE JUGEMENT DERNIER

Je pense au jugement dernier avec inquiétude. Moi le dernier de la classe, je n'aime pas le mot dernier, surtout quand il est devant « soupir ».

Je pense au monde qu'il doit y avoir là-haut. Il va falloir faire la queue comme chez le fromager.

Heureusement, là-bas, le temps n'existe plus.

On va d'abord donner par ordre alphabétique les noms de ceux qui vont au paradis. Des Fournier il risque d'y en avoir beaucoup. Quoique ce soit mon nom propre, c'est un nom très commun. Peut-être même qu'il y a des Jean-Louis. On va me demander ma carte d'identité. Elle était dans mon portefeuille dans ma poche, je n'ai plus de poche, je n'ai plus de pantalon, je n'ai plus de corps. Il ne reste rien de moi. Mon âme ?

Est-ce que j'ai une âme, moi qui suis un drôle d'animal ?

Patience ne m'a pas rappelé. Elle avait promis.
J'attends.

C'EST ENCORE LOIN L'AMÉRIQ
PAPA ?
TAIS-TOI ET NAGE

J'ai souvenir d'une nouvelle améric
teur imaginait l'humanité sur un m
tournait de plus en plus vite. On a
qui tournait. On demandait au ma
ralentir. Il continuait à accélérer à tel
un moment la force centrifuge nous
manège et on mourait.

Je pense aussi à Harold Llyod d
Monte là-dessus.

Il est assis sur l'aiguille de l'horlog
Building. L'aiguille est au quart.

Il va tomber de haut et certainem
très mal, quand elle atteindra la demie

LA MALADIE D'IMPATIENCE

Je n'ai pas voulu attendre pour vous écrire.

J'ai écrit ce livre pour soigner ma maladie d'impatience. Le patient n'est pas un malade.

L'impatient est insatisfait, insatiable, inconsolable, infréquentable, indiscipliné, ingérable, instable.

L'impatient a envie d'avoir fini avant de commencer.

L'impatient a toujours envie d'être là où il n'est pas.

L'impatient est avare de son temps.

L'impatient ne pense pas au temps des autres. Il faut toujours être à sa disposition.

Je pars au quart de tour. Je monte très vite sur mes chevaux-vapeur.

Quand j'ai envie de dire quelque chose, je ne peux pas me retenir. Je n'en peux plus d'attendre, faut que ça sorte : je le dis, je parle sans réfléchir. On appelle ça de la spontanéité. Souvent je regrette…

On doit savoir attendre avant de se fâcher, avant de se battre, de s'insulter, de se mépriser, de rompre. Ne pas être soupe au lait.

Attendre avant d'écrire une lettre définitive. Avant de couper les ponts, avant de penser qu'on a entièrement raison, que l'autre a entièrement tort.

POURQUOI ON VEUT TOUJOURS ALLER PLUS VITE ?

Il me talonne. Je suis sur une petite route sinueuse. Je roule normalement. Il me fait des appels de phares, il me colle, il approche dangereusement de moi, il me fait peur. Parfois il klaxonne.

Je regarde dans le rétroviseur son visage. Les yeux lui sortent de la tête, il parle tout seul, il est tout rouge. Il fait des gestes désordonnés.

Il me fait penser au nourrisson qui hurle...

Pourquoi il veut me dépasser, pourquoi il accélère ?

Quelqu'un l'attend ? Il y a une urgence ?

Il ne sait même pas pourquoi.

Il est pressé parce qu'il est pressé.

Il veut arriver le premier.

Mais où ? Il ne sait pas.

Il veut en finir ?
Il veut être le premier au ciel ?

Le nouveau coiffeur vient d'écrire, en grand et en rouge sur sa vitrine : Quick Service.

Moi l'impatient j'ai été attiré par le mot Quick.

Il m'a installé devant une glace. Il a pris ses ciseaux. J'allais lui dire comment je souhaitais être coiffé.

Trop tard : il avait fini.

Quick devrait s'écrire Couic.

Monsieur Lagoutte n'a pas rappelé. J'ai laissé un message, en exagérant un peu le nombre de gouttes que je continue à compter.

Apparemment ça ne suffit pas.

À FOND LA CAISSE

30 km/h, 60 km/h, 100, 150, 200 km/h…

Avec le temps, les motos, les autos mettent de moins en moins de temps pour aller d'un endroit à un autre. Il faut toujours aller plus vite, le café est expresso, bientôt le bonheur sera instantané et en poudre…

Chaque jour l'humanité fait des progrès. Cioran parle d'élan vers le pire. On risque plus de se faire écraser par une voiture qui roule à 100 km/h, moins par une voiture à cheval qui roule à 15 km/heure.

Le cerveau des hommes, est-ce qu'il fait des progrès ?

Pas sûr.

Dans mon code de la route pour la jeunesse,

j'ai écrit : « Le QI d'un automobiliste est inversement proportionnel à sa vitesse. » Je n'osais pas écrire : « Plus tu vas vite, plus t'es con ? »

Il est dans sa voiture. Il roule lentement dans une petite rue étroite. Il est suivi par une voiture de pompiers qui klaxonne. Il n'accélère pas. Au pompier descendu de sa voiture pour lui demander d'accélérer, il a simplement dit : « Il n'y a pas le feu. »

Il fonce, il accélère, on ne peut pas le suivre. Il est celui dont on dit : il a le feu aux fesses. Il ne sait pas rester en place, comme s'il était assis cul nu sur des braises sans culotte en amiante et qu'il avait peur de prendre feu.

Il n'est bien nulle part. Il pense que c'est mieux ailleurs alors il va ailleurs. Il veut du nouveau, comme les romantiques. Enfer ou ciel, qu'importe, écrira Baudelaire.

Comme les naufragés sur *Le Radeau de la Méduse*, il regarde l'horizon, il pense qu'ici et maintenant, c'est l'enfer. Que le paradis, c'est plus loin.

Chaque week-end les routes sont couvertes de tous ceux qui pensent qu'ils seront mieux ailleurs. Ils font des excès de vitesse pour être plus vite ailleurs.

Ils courent toujours, ils courent après le bonheur. C'est pas en courant qu'on attrape le bonheur, c'est en marchant.

Marcher lentement, faire bon ménage avec soi-même, bien s'entendre avec soi.

Marcher du même pas. Au lieu de partir vite pour s'oublier, pour se perdre, pour se fuir, pour se sauver.

L'oisiveté ne mène pas au vice.

« L'oisiveté exige tout autant de vertu que le travail : il y faut la culture de l'esprit, de l'âme et des yeux, le goût de la méditation et du rêve, la sérénité, toutes valeurs bien rares aujourd'hui. Ce ne serait pas les acquérir que d'employer ses dimanches à se créer de nouveaux besoins, des soucis inédits, ajouter au mouvement d'une vie déjà trop mouvementée ; au contraire, ce serait tomber dans un épuisement dont les jours ouvrables et le travail mesuré au cordeau ne suffiraient pas à nous guérir. » Paul Morand.

LA PATIENCE A DES LIMITES, PAS LA VITESSE...

Elle vient de tomber, la nouvelle.

Elle a explosé sur la chaussée, comme une tuile, un jour de tempête.

Spontanément, ils sont sortis dans la rue partager leur colère.

Ils sont des centaines dehors, des hommes, des femmes livides, quelques enfants mal réveillés. Ils ont l'air très en colère. Certains sont tristes. Il y en a qui pleurent.

Ah non pas ça ! On n'a pas le droit de toucher à leur liberté.

Ils sont prêts à tout. Ils veulent mourir libres. Un des leurs bien informé vient de leur demander de se taire.

Dans un silence de mort, sur un ton grave, il leur fait une déclaration.

Ils apprennent avec stupeur qu'avec la réduction de vitesse de 90 à 80 km/heure, ils vont perdre une minute par 60 kilomètres parcourus.

Ils ont blêmi. Ils sont muets et pâles, même ceux qui n'ont pas de voiture.

La solidarité n'est pas un vain mot dans le peuple de France…

Par représailles, ils ont brûlé sept voitures.

LE TRADER

Dans le trading à haute fréquence, les meilleures affaires sont réalisées grâce à des connexions ultrarapides.

Les décisions d'acheter ou de revendre doivent être prises avant les concurrents. Tout se joue à quelques millisecondes.

C'est celui qui va le plus vite qui gagne le plus.

C'est le règne du fonceur.

Le fonceur qui fonce, tête baissée, qui ne se soucie pas de ce qu'il y a devant lui, qui écrase, qui n'a pas d'état d'âme.

La vie devient une course de vitesse. C'est celui qui va le plus vite qui gagne.

Il faudrait apprendre à attendre.

Ralentir pour réfléchir.

Pourquoi pas s'arrêter pour penser.

Pas de lettres de Patience au courrier. J'attends.

ATTENDRE SON TOUR

Je suis derrière elle dans la file. Je suis pressé. J'ai une envie pressante de camembert.

Elle a d'abord dit à la jolie fromagère Justine : « Je ne sais pas ce que je veux. » Ça commence bien.

Après elle a demandé : « Il est bon votre reblochon ? »

J'ai eu envie de répondre : « Bien sûr que non, il est immangeable, ici tout est mauvais. »

Qu'elle parte vite, que je devienne le premier de la file.

Justine a dit : « Il est bien. »

« Alors, je vais en prendre. Mais je ne sais pas combien. Ça se conserve ? Samedi j'ai mes enfants. Il sera encore bon ?

– Oui, bien sûr. Je vous en mets combien ?

– Je ne sais pas, ça dépend du dessert. C'est eux qui l'apportent. Si c'est un gâteau à la crème chantilly, ça va pas faire trop le fromage ? Il est bien votre Pont-l'Évêque ? Mon fils aime bien. Il avait une maison avant à Pont-l'Évêque. C'est près de Deauville, c'est très joli comme endroit.

– Je vous en mets combien ?

– Ça dépend. Je ne sais pas encore s'il vient avec tous ses enfants. Attendez. Je vais l'appeler. On va lui demander. »

Ça a duré un bon moment. On ne peut pas résister aux irrésistibles « et avec ça ? » de la charmante fromagère. Ils trouvent toujours une réponse.

Après le Pont-l'Évêque, on a parcouru toute la France fromagère avec plusieurs arrêts. Et il y a même eu l'étranger : les fromages grecs, italiens…

Un nouvel « et avec ça ? » a eu raison de ma raison.

J'ai perdu la tête : je me suis mis à hurler, j'ai pris le couteau de la fromagère.

Je ne me souviens plus de rien.

FAUT-IL AVOIR DE LA PATIENCE AVEC CEUX QUI DISENT DES BÊTISES ?

Faut-il avoir de la patience avec ceux qui érigent en vérité absolue des énormités ?

Ceux qui osent dire que les animaux n'ont pas de sensibilité, qu'ils ne souffrent pas ?

Ceux qui osent dire que les enfants handicapés sont une punition de Dieu ?

Ceux qui osent dire que les Noirs sont moins intelligents que les Blancs ?

Ceux qui osent dire que les hommes sont plus intelligents que les femmes ?

Ceux qui osent dire que les vaccins c'est dangereux pour la santé ?

Celui qui dit : « Je n'ai pas de doute » ?

?

Non.

Pas de patience avec les crétins.

BREF, BREF, BREF…

Elle est en retard comme d'habitude. Elle m'avait dit 11 heures et il est midi.

Enfin, la voilà, les cheveux en bataille, énervée, parlant beaucoup.

« Il faut que je t'explique… »

Je suis habitué. Elle me fait le coup chaque fois. Maintenant, pendant une heure, elle va m'expliquer pourquoi elle est en retard d'une heure.

Elle parle vite, trop vite, jamais un silence, pas une respiration entre les « pendant que », les « alors que », les « tandis que »…

Les mots qui se mordent la queue.

Pas le temps pour réfléchir, essayer de comprendre : un flot de paroles, une logorrhée, une diarrhée…

« Figure-toi que j'étais prête à partir, quand on sonne, c'était le plombier, ce n'est plus le vieux, il est à la retraite, c'est un jeune, il est très bien. Tu dois connaître son frère, il est marié avec la grande blonde que t'aimais bien, mais si, elle s'appelait Priscilla, elle avait des longs cheveux. Bref, tu ne sais pas la meilleure, il devait venir demain pour détartrer le chauffe-eau, il s'est trompé, entre-temps sa femme a accouché, un petit garçon qu'il a appelé Gaston comme son grand-père qui était aussi plombier, bref, je lui dis : c'est pas possible, j'ai un rendez-vous, il insiste, ça va pas être long, dix minutes, après je ne suis plus libre la semaine prochaine, bref j'accepte. C'est un chauffe-eau récent, je l'ai depuis un an, qu'est-ce que je dis, non, depuis six mois, je l'ai acheté quand j'ai fait repeindre la salle de bains, ça doit faire un peu plus de six mois, bref, c'est une marque suédoise de très bonne qualité, je l'avais payé cher, c'était dans les 10000 euros, bref, il est tout électrique, c'est pas comme avant, je me souviens, chez mes parents, il y avait une rampe de gaz qui courait sous la baignoire en zinc, et on se brûlait les pieds quand on entrait dans... bref...

L'explication a duré un bon moment.
J'ai compté, elle avait dit 12 fois bref.
Elle a clos son discours échevelé par un « je te dis pas… » Je l'ai échappé belle.

PERDRE PATIENCE

Tonton Maurice était triste. Il ne riait jamais. Il prenait son mal en patience.

Jusqu'au jour où il a perdu patience.

Un jour où j'étais en vacances chez lui à Raismes dans le Nord.

J'étais venu voir ma cousine Françoise que j'aimais bien. Je la trouvais charmante. Je me souviens avoir été la chercher à la gare. On revenait de la gare ensemble. Ils habitaient au bout d'une longue avenue droite, l'avenue Henri-Durre. Au loin, on a vu un attroupement devant leur maison.

Il y avait beaucoup de monde sur le trottoir. La porte d'entrée était ouverte. Des gens entraient et sortaient, l'air effrayé ou triste.

Quand nous sommes arrivés devant la maison, un groupe de femmes s'est précipité sur ma cousine. Elles l'ont embrassée plus longtemps que d'habitude. L'une l'a emmenée chez elle. Ma tante Gaby était en larmes. Quand elle m'a vu, elle m'a pris dans ses bras, m'a serré très fort en répétant : « Pourquoi il a fait ça ? »

Tonton Maurice s'était tiré une balle dans la tête : il avait 56 ans.

Je suis rentré le soir à Arras pour annoncer la nouvelle. À ma grand-mère que son fils s'était suicidé, à ma mère que son frère s'était suicidé.

J'avais 15 ans.

Cette nuit-là, j'ai mal dormi.

« Si le suicide n'était pas déjà une folie, ce serait du moins une grande impatience. » J.-J. de Lingrée (1814).

ÉTAT D'URGENCE

Je me souviens, à l'occasion de la sortie d'un de mes derniers livres, d'une photo devant l'hôpital Tenon.

Le photographe m'avait placé juste devant le panneau lumineux où clignotait en gros le mot Urgence.

Le mot Urgence est un mot tragique. Il n'est pas apaisant.

Quand il est associé à État, il semble dire « dépêchez-vous, le pire est à venir… »

J'ai retrouvé la photo.

Je suis debout, l'air hagard, le regard traqué.

On m'a proposé de me bander les yeux. J'ai refusé.

Un officier donne ses ordres.

Une dizaine de soldats arment leurs fusils.

L'urgentiste a deux filles, des jumelles.

Pour gagner du temps, il les a faites en même temps.

Il les a appelées Patience et Urgence.

Il s'entend bien avec les deux.

Il faut de la patience pour soigner les urgences.

MA MONTRE

L'aiguille de ma montre est sur le 5, ça fait un petit moment.

Peut-être qu'elle est arrêtée.

Avant on pouvait écouter, on posait son oreille sur la montre, on entendait le tic-tac. Maintenant avec le quartz, c'est fini. La montre est silencieuse comme si elle était morte.

J'ai toujours au poignet la montre de ma communion. C'était une montre moderne. Elle est maintenant une montre ancienne.

J'ai passé ma jeunesse à la regarder, surtout en classe. Je trouvais que la trotteuse n'allait pas assez vite. La grande aiguille était encore plus lente et je ne parle pas de la petite, carrément immobile.

J'aurais tout donné pour les accélérer, surtout pendant les cours de maths.

On m'avait fait croire que si je fixais les aiguilles, en pensant très fort, et en répétant, plus vite, plus vite, elles allaient aller plus vite.

J'ai enfin été exaucé, cinquante ans plus tard.

Maintenant je trouve qu'elles vont trop vite : je donnerais tout pour qu'elles ralentissent.

Avant j'étais impatient de grandir. Alors que j'avais toute la vie devant moi, je voulais tout,

tout de suite. Maintenant je suis beaucoup moins pressé, comme si je pouvais attendre.

Avant je vidais mon verre très vite. Je pensais qu'il y avait une surprise au fond. Je n'ai rien trouvé.

Avant je brûlais la vie à feu vif. Maintenant je laisse mijoter à feu doux.

LA MONTRE DIGITALE

Je me souviens de la première montre digitale que j'ai eue.

J'étais fasciné de voir les chiffres qui se tortillaient, comme des asticots.

Le 1 se mettait à genoux et baissait la tête pour devenir un 2 qui se tordait deux fois pour faire un 3 puis s'accoudait pour faire un 4 et un 5 qui faisait le dos rond pour faire un 6 puis s'étirait pour faire un 7 puis gonflait les joues pour faire un 8, puis un 9.

Un véritable dessin animé me racontait la fuite du temps.

C'était plus vivant que les aiguilles qui étaient toujours raides.

Le temps passait plus vite.

Ça devenait moins dur d'attendre
Et moins triste de vieillir.

LA LOCOMOTIVE A VAPEUR

Mon grand-père maternel qui s'appelait Camille était conducteur de train.

C'était l'époque des locomotives à vapeur, celle qui jaillit de l'âtre dans le tableau de Magritte *La Durée poignardée*, celle que conduit Jean Gabin dans *La Bête humaine*.

À l'époque les trains faisaient du 50 km/heure. Aujourd'hui le dernier train expérimental atteint le 600 km/heure.

Est-ce que c'est mieux ?

À l'époque on mettait quatre heures pour faire Paris-Arras. On avait l'impression d'aller loin, c'était grisant.

Maintenant on met 45 minutes et les vaches n'ont plus le temps de nous voir. C'est trop court. Plus le temps de lire un roman en entier et de faire connaissance avec ses voisins, de déjeuner...

Avant il y avait le wagon-restaurant. Endroit suranné, plein de charme. On s'installait, on prenait son temps pour déjeuner dans de la jolie vaisselle et avec de l'argenterie.

Maintenant c'est quick service, on attend debout son plat chaud servi dans une barquette en carton.

Après le repas, on prenait un café filtre, on pouvait entendre les gouttes de café tomber lentement dans une tasse en porcelaine décorée de fleurs et voir sur le métal argenté du filtre le reflet du paysage défiler.

Maintenant le café arrive à cent à l'heure dans un bruyant percolateur avec le bruit d'une lance à incendie. Il tombe dans un gobelet en plastique qu'on va jeter dans la mer et qui va empoisonner les poissons.

Chaque jour, tout va de plus en plus vite.

On n'arrête pas le progrès, hélas.

Le temps de transport diminue. On dit qu'on gagne du temps.

On dit qu'on a gagné 15 minutes.

À quoi sert-il le temps gagné ?

« Que feront-ils les heureux voyageurs de ce quart d'heure si chèrement acheté ? Beaucoup l'useront sur le quai à attendre l'heure ; d'autres resteront un quart d'heure de plus au café et liront le journal jusqu'aux petites annonces », écrivait le philosophe Alain il y a cent ans dans *Propos sur le bonheur*. Il parlait du trajet qu'il faisait entre Le Havre et Paris où il donnait ses cours.

Qu'est-ce qu'on peut faire de ce temps gagné ?

Le mettre dans un coffre comme des lingots pour s'en servir plus tard, et ne le ressortir qu'en cas d'urgence quand on manquera de temps, quand on sera pressé ?

Et qui sait avec le temps, il peut prendre de la valeur, le temps. Il va se faire anoblir. Il s'appellera d'Époque, comme les meubles.

Les trains vont de plus en plus vite. On arrive à destination de plus en plus tôt.

Un jour, ils arriveront avant de partir...

Bientôt ce ne sera plus la peine de partir.

COUP DE FOUDRE

J'ai toujours voulu tout, tout de suite. Pas le temps d'attendre, comme le bébé qui hurle.

Avec les filles c'était pareil. J'avais 17 ans. Je préparais mon bac. J'étais pressé, j'étais sauvage, j'étais brutal.

Pas de préambules, pas de prémices, pas de préliminaires...

Je me souviens d'une petite jeune fille à Arras. Elle s'appelait Fleur. C'était la fille du boulanger. Elle venait chez moi, tous les dimanches après-midi. C'était un peu une fiancée. Ma mère nous laissait le bureau de mon père, le docteur... j'en profitais pour jouer au docteur.

Fleur était un peu impressionnée. Je la faisais s'allonger tout habillée sur le divan, mettais un disque sur l'électrophone, toujours le même : Brel, *Quand on n'a que l'amour.*

Mes doigts impatients essayaient comme des serpents de pénétrer à l'intérieur de ses vêtements, de chercher des passages, des entrées, des ouvertures.

Ils se perdaient dans les plis, espérant une fermeture éclair ou des boutons. Je l'embrassais goulûment, pendant que le grand Jacques déchaîné hurlait : « Quand on n'a que l'amour… »

Depuis j'ai appris que tout ce qu'on fait en prenant son temps est toujours meilleur.

Demandez donc à la femme de l'éjaculateur précoce.

Il faut prendre son temps.

Il faut prendre son temps par la main.

Il faut prendre son temps par la taille.

Il faut prendre son temps par le cou… comme on fait avec son amoureux ou son amoureuse pour danser un slow.

S'en faire un ami. Savoir le partager. L'utiliser. En faire quelque chose.

Réfléchir, rêver, imaginer, inventer et pourquoi pas créer…

Ne pas le garder pour soi. Ne pas thésauriser. Ne pas toujours essayer de le gagner. Savoir le perdre et savoir le donner.

Patience m'a envoyé un sms indiquant qu'elle m'avait écrit une lettre.

J'attends la lettre…

Comme le désert attend l'eau.

Je me souviens, il y a longtemps, avoir cherché pour une rédaction un vers que j'aimais bien : « Ô temps suspends ton vol… »

Je voulais connaître la suite.

J'ai dû y aller par des chemins buissonniers.

Pour le trouver, j'ai cherché dans des anthologies de poésie où j'ai découvert de nouveaux poèmes.

J'ai appris qu'il était de Lamartine.

« Et vous heures propices suspendez votre cours. »

Aujourd'hui, avec mon ordinateur, je saurais tout de suite la provenance de ce vers.

Mais à l'autoroute, je préfère les chemins buissonniers. C'est plus long mais c'est plus beau. Dans le sentier on trouve des fleurs…

LES MILLÉSIMES

Pierre Desproges, grand amateur de vins, avait une belle cave où sommeillaient des grands crus.

Je me souviens qu'après sa mort, un jour, sa femme m'avait demandé de descendre à la cave choisir du vin pour le repas.

Sa cave était méticuleusement rangée. Les étiquettes étaient écrites de sa main.

Je me souviens d'un grand casier, rempli de bouteilles, sur lequel il avait accroché un panneau avec écrit en grand un seul mot :

ATTENDRE.

LE PLAISIR D'ATTENDRE

L'impatient ne connaît pas le plaisir d'attendre, pour que ce soit meilleur.

Le plaisir de profiter de ce qu'on n'a pas encore.

Le plaisir de se souvenir, de profiter du temps passé à y penser.

Le plaisir d'imaginer le bonheur qu'on aura, quand on aura épluché une pêche.

Le plaisir d'attendre son amoureux.

Le plaisir d'attendre la cuisson du gâteau.

Le plaisir qu'on aura d'attendre la fin du film pour connaître le nom du coupable.

Le plaisir d'imaginer le bonheur qu'on aura, quand on aura le temps.

Le plaisir d'attendre un heureux événement.

Le plaisir d'attendre neuf mois.

Remettez à demain l'enfant que vous auriez pu faire aujourd'hui.

LE CULTIVATEUR

J'ai été cultivateur, un temps.

Quand on est cultivateur, il faut avoir de la patience. Un cultivateur doit savoir attendre. Il passe sa vie à attendre, la pluie pour les betteraves, le soleil pour le blé... Attendre que ça germe, que ça lève, que ça pousse, que ça mûrisse.

C'est long entre le moment où on met la graine dans la terre et le moment où on voit sortir une petite feuille verte. C'est tellement long que, quelquefois, on désespère. On pense qu'elle ne sortira pas.

Alors on utilise des engrais pour que ça pousse plus vite. On fait pareil avec les animaux qui tardent à grossir et on dope les champions pour battre des records de vitesse.

L'humanité n'a plus de patience. Elle veut tout, tout de suite. Comme les enfants gâtés. Elle n'a plus le temps d'attendre.

Elle ne peut plus attendre l'été pour avoir des tomates et des fraises : elle en veut même en hiver.

Elle n'accepte plus les légumes qui prennent leur temps : les salsifis, les blettes, la mâche, la betterave, le céleri, la carotte, le cerfeuil…

POUR FAIRE UN ÉCLAIR IL FAUT ACCEPTER D'ÊTRE LONGTEMPS UN NUAGE...

... a écrit Nietzsche.

Plus la piste de décollage est longue, plus l'avion va loin.

Plus on met du temps à aimer, plus on aime longtemps.

Je me souviens d'un disque que je n'arrivais pas à écouter : les quatuors de Beethoven. Je devais me forcer. Un jour, je les ai aimés. Je crois que je les aimerai toujours.

En revanche combien de coups de foudre pour des musiquettes aimées tout de suite mais pas longtemps, comme ces parfums qui ne tiennent pas.

L'éclair d'un coup de foudre n'éclaire pas, il éblouit, il aveugle. L'éclair va trop vite, il ne dure pas.

Il n'a pas le charme de la lumière d'une bougie. Pensez aux tableaux de Georges de La Tour.

« Quand je lis un livre, quand j'écoute de la musique ou quand je vais au cinéma, c'est avec le temps que je découvre l'œuvre. Pour la peinture, c'est autre chose. Les heures peuvent passer, un tableau ne gagnera ni ne perdra la moindre parcelle de lui-même. Il n'a ni commencement, ni milieu, ni fin. J'aime la peinture parce que, dans son inaltérable immobilité, elle paraît exister en dehors du temps d'une manière impossible à toute autre forme d'expression. Un tableau crée l'illusion d'un présent éternel, d'un lieu où mes yeux peuvent se reposer comme si le tic-tac de la pendule avait cessé par magie. » Siri Hustvedt.

J'ai perdu mon portable. Je n'ai plus le numéro de Patience. Je ne connais même pas son nom de famille…

Dans ceux que j'ai reçus cette année, des vœux m'ont particulièrement touché : ceux de la personne qui vient d'acheter ma maison en viager.

Il m'a souhaité : bonne santé.

Quelle classe.

Il doit apprécier le plaisir d'attendre.

Monsieur Lagoutte n'est pas rentré de week-end.

Je l'ai appelé toute la semaine. Pas de réponse.

Je viens d'avoir des nouvelles par la secrétaire.

Il ne rentrera pas de son week-end à la mer.

Monsieur Lagoutte est mort d'hydrocution.

DERNIÈRE GÉNÉRATION

Quand j'entends claironner par les publicitaires et les camelots que l'appareil est « de la dernière génération », je crains le pire.

Ce serait bien la première fois que « dernier » devient une qualité. C'est un dernier de la classe qui le dit.

Doit-on penser qu'après la dernière génération il n'y aura plus rien ?

J'attends avec inquiétude le mode d'emploi de ce dernier modèle de la dernière génération. Il va être surréaliste. À côté de lui, les poèmes de Mallarmé paraîtront clairs comme de l'eau de roche.

Je me suis beaucoup ennuyé en classe. Je regardais souvent ma montre. Et les mouches voler.

Plus tard, pour distraire les enfants qui s'ennuient, pas seulement le dimanche, j'ai écrit une grammaire impertinente, en faisant vomir une biche dans l'étang que le soleil couchant empourpre, et péter le percheron dans le nez du gai laboureur.

Aujourd'hui, après la grammaire impertinente, j'imagine la grammaire de demain, la grammaire « dernière génération » : la grammaire française et impatiente.

Elle sera résolument tournée vers l'avenir.

Elle rejettera les temps passés.

Plus question du passé simple, composé et antérieur. Plus d'imparfait ni de plus-que-parfait. Elle ne garde que le présent et bien sûr le futur qui a l'ambition de devenir présent et le subjonctif qui est un souhait.

Une solution pour vous calmer : conjuguer le subjonctif imparfait de s'impatienter à la forme négative et le réciter plusieurs fois à haute voix.

Et lentement.

Que je ne m'impatientasse pas
Que tu ne t'impatientasses pas
Qu'il ne s'impatientât pas
Que nous ne nous impatientassions pas
Que vous ne vous impatientassiez pas
Qu'ils ne s'impatientassent pas

PAS DE SON ÉPOQUE

J'ai devant ma maison un escalier que les jeunes viennent envahir aux beaux jours.

Ils sont très bruyants, ils laissent traîner des papiers gras. En gros, ils sont sympathiques.

Je discute avec eux. Mon fond d'instituteur refoulé me donne envie de leur apprendre des choses : il y a beaucoup à faire.

Ils écoutent toute la journée sur un petit poste pourri leur musique, des chansons qui bientôt ne pourront plus dépasser 2 minutes, car la capacité de concentration d'un être humain est aujourd'hui inférieure à celle d'un poisson rouge.

Je leur ai parlé de Mozart. Ils ont répondu : « C'est pas de notre époque. »

Ils doivent penser que je suis né en même temps que Mozart.

Les malheureux se pensent condamnés à leur époque. Ils ignorent qu'avant leur époque il y a eu beaucoup d'autres époques. Moi je ne suis pas prêt à partager leur époque. En revanche, je suis prêt à partager avec eux mon époque.

Le passé est à tout le monde et dans le passé tout n'est pas à jeter.

Mozart, Bach, Beethoven, ça ne les branche pas, c'est normal. Ils ne connaissent pas. Je vais essayer de leur faire connaître.

Avec le temps, les couleurs passent. Le passé se décolore. Il devient noir et blanc comme les souvenirs et les actualités au cinéma.

Le noir et blanc, ça va avec tout.

Ma petite chatte blanche Art déco est habillée en noir et blanc. Et elle va bien avec moi qui a perdu mes couleurs.

Je m'imagine dans un bon vieux western.

En train d'attendre le train.

Il est en retard.

Pour la première fois de ma vie et la dernière, je supporte très bien son retard. Je souris, comme Drogo le héros du *Désert des Tartares*.

J'ai enfin de la patience.

Je suis ligoté sur la voie ferrée.

FIN

J'avais promis 210 pages.
Je n'en ai écrit que 165.
J'espère que l'éditrice ne va pas le voir, sinon je m'attends au pire.

Du même auteur :

Grammaire française et impertinente, Payot, 1992.
Arithmétique appliquée et impertinente, Payot, 1993.
Peinture à l'huile et au vinaigre, Payot, 1994.
Le Pense-bêtes de saint François d'Assise, Payot, 1994.
Le C.V. de Dieu, Seuil, 1995 ; nouvelle édition Stock, 2008.
Le Pain des Français, Seuil, 1996
Sciences naturelles et impertinentes, Payot, 1996.
Je vais t'apprendre la politesse, p'tit con, Payot, 1998.
Il a jamais tué personne, mon papa, Stock, 1999.
La Noiraude, Stock, 1999.
Encore la Noiraude, Stock, 2000.
Roulez jeunesse, un code de la route pour les jeunes, Payot, 2000.
Pas folle la Noiraude, Stock, 2001.
J'irai pas en enfer, Stock, 2001.
Mouchons nos morveux, Lattès, 2002.
Le Petit Meaulnes, Stock, 2003.
Antivol, l'oiseau qui avait le vertige, Stock, 2003.
Les Mots des riches, les mots des pauvres, Anne Carrière, 2004.
Satané Dieu !, Stock, 2005.
OGM, Organismes Gentiment Modifiés, Payot, 2006.
Mon dernier cheveu noir, Anne Carrière, 2006.
À ma dernière cigarette, Hoëbeke, 2007.
Histoires pour distraire ma psy, Anne Carrière, 2007.
Où on va, papa ?, Stock, 2008.
Poète et paysan, Stock, 2010.
Veuf, Stock, 2011.
Ça m'agace, Anne Carrière, 2012.

La servante du Seigneur, Stock, 2013.
Trop, La Différence, 2014.
Manuel impertinent. Grammaire, Arithmétique, Sciences naturelles, Payot, 2014.
Ma mère du Nord, Stock, 2015.
Bonheur à gogos !, Payot, 2016.
Mon autopsie, Stock, 2017.
Dictionnaire amoureux du Nord, Plon, 2018.
Je ne suis pas seul à être seul, Lattès, 2019.
Merci qui ? Merci mon chien, Buchet Chastel, 2020.

CET OUVRAGE A ÉTÉ COMPOSÉ PAR PCA
POUR LE COMPTE DES ÉDITIONS J.-C. LATTÈS
17, RUE JACOB, 75006 PARIS
ET ACHEVE D'IMPRIMER
PAR CPI BRODARD ET TAUPIN (72000 LA FLECHE)
EN FÉVRIER 2021

PAPIER À BASE DE FIBRES CERTIFIÉES

JC Lattès s'engage pour l'environnement en réduisant l'empreinte carbone de ses livres. Celle de cet exemplaire est de :
350 g éq. CO_2
Rendez-vous sur www.jclattes-durable.fr

N° d'édition : 01 – N° d'impression : 3041487
Dépôt légal : février 2021
Imprimé en France